31 Janvier 1881.

Vente du Lundi 31 Janvier 1881

HOTEL DROUOT, SALLE N° 3

A DEUX HEURES

TABLEAUX MODERNES

ÉTUDES PEINTES

TABLEAUX ANCIENS

Un Paysage par OUDRY

AQUARELLES

OBJETS DU JAPON

PORCELAINES ET FAIENCES

CURIOSITÉS

EXPOSITION PUBLIQUE

LE DIMANCHE 30 JANVIER 1881

Me HENRI LECHAT
COMMISre-PRISEUR
rue Baudin, 6

M. CHARLES GEORGE
EXPERT
Rue Laffitte, n° 12

PARIS — 1881

V^{es} RENOU, MAULDE et COCK

IMPRIMEURS DE LA COMPAGNIE DES COMMISSAIRES-PRISEURS

Rue de Rivoli, 144.

CATALOGUE

DES

TABLEAUX MODERNES

ÉTUDES PEINTES

TABLEAUX ANCIENS

Un Paysage par OUDRY

AQUARELLES

OBJETS DU JAPON

PORCELAINES ET FAIENCES

CURIOSITÉS

DONT LA VENTE AURA LIEU

HOTEL DROUOT, SALLE N° 3

Le Lundi 31 Janvier 1881

A DEUX HEURES

Me **Henri LECHAT**, Commissaire-Priseur, rue Baudin, 6,

Assisté de **M. GEORGE**, Expert, rue Laffitte, 12.

EXPOSITION PUBLIQUE

LE DIMANCHE 30 JANVIER 1881

PARIS — 1881

CONDITIONS DE LA VENTE

—

Elle sera faite au comptant.

Les Acquéreurs paieront CINQ POUR CENT, en sus des enchères, applicables aux frais.

L'Exposition mettant le Public à même de se rendre compte de l'état des Objets, aucune réclamation ne sera admise une fois l'Adjudication prononcée.

DÉSIGNATION

———✦———

TABLEAUX

—

BALLUE (E.)

1 — Bords de l'Oise.

BASSAN

2 — L'Ensevelissement du Christ.

BAUDY

3 — Bords de la mer.

BONNEMAISON

4 — L'Entrée du village.

CERVERA

5 — Le Repos.

DE DREUX (Attribué à)

6 — Saint Georges.

DE L'HAY (MICHEL)

7 — Ile Saint-Louis.
8 — Pommiers en fleurs.

DRENTFFELD

9 — La Dame aux fleurs.

FERRIER (GABRIEL)

10 — L'Improvisateur.

Salon de 1872.

LAGRENÉE

11 — Neptune.

LANFRANC

12 — Le Repos en Égypte.

LÉPAULLE

13 — Scène de *Robert le Diable*.

LÉVY (E.)

14 — Bords de l'Oise.

LOCATELLI

15 — Sujet mythologique à trois personnages.

MATANIA

16 — Le Bureau de loterie.

MATHON

17 — Étude.

MAUREAU

18 — La Plage de Cannes.

19 — Pâturage.

20 — Coin de la rue Fontaine Saint-Georges.

21 — Promenade au soleil.

22 — La Tour Solferino (Montmartre).

23 — Jeune Fille (Étude).

MOLIN

24 — Rivière.

25 — Rivière (Soleil couchant).

26 — Léda.

INCONNU

27 — Deux Paysages.

INCONNU

28 — Chasseur à cheval.

NOEL (Jules)

29 — Port-Louis.

30 — Les Halles à Francfort.

OUDRY (J.-B.)

31 — Chasse aux canards.

QUERFURT

32 — Chasse au cerf.

SPECHT (De)

33 — Le Miroir des singes.

TANZI

34 — Une Prairie.

35 — Église de Moret-sur-Loing.

36 — Le Trocadéro.

37 — Fleurs.

VELDE (Attribué à Willem Vanden)

38 — Combat naval.

VENNEMAN (Rosa)

39 — Vaches dans un pré.

VILLARD

40 — Rivière bordée d'arbres.

DESSINS, AQUARELLES

—

41 — **Boissieu.** Chien de chasse (Encre de Chine).

42 — **Fromentin.** Un Puits (Dessin).

43 — **Palizzi.** Chevaux de halage (Aquerelle).

44 — **Pesarèse.** Une sanguine.

45 — **Visser** (G.). Marine (Aquarelle).

46 — **Visser** (G.). Marine (Aquarelle).

47 — **Visser** (G).. Marine (Aquarelle).

48 — **Visser** (G.). Marine (Vue de Dordrecht).

49 — **Visser** (G.). Marine (Souvenir de Hollande).

50 — **Worms**. Trois Caricatures (Aquarelles).

51 — **École française.** Deux Aquarelles (Suissesse, Balayeur).

—————

52 — Chromo. Deux Enfants.

53 — Chromo. Sainte Famille.

—————

OBJETS DU JAPON

54-56 — Six Tables chinoises en bois de fer. Seront vendues par paires.

57 — Cabinet en bois dur, garni de nombreux ornements en métal.

58 — Autre Cabinet à tiroirs marquetés,

59-62 — Quatre Cabinets japonais en marqueterie de bois, à damier.

63 — Cabinet japonais laqué sur fond noir; décor à singes et fruits.

64 — Boîte à cigares, à éventail et rosaces laqués sur fond noir.

65 — Horloge japonaise, sur pied en bois.

66 — Boîte de fumeur en laque, avec garniture en faïence émaillée.

67 — Divinité en faïence émaillée blanc, dans une boîte en bois.

68 — Trois Divinités en bois sculpté, peint et doré.

69 — Statuette (Dame japonaise) en porcelaine blanche.

70 — Deux grauds Vases à bords plissés, en porcelaine du Japon.

71 — Deux Vases en Japon, compartiments à personnages, réservés sur fond quadrillé.

72 — Un lot de Cages à grillons.

73 — Deux petits Paravents.

74 — Grosse Théière en laque.

75 — Paire de petites Potiches en Japon; décor à personnages émaux verts.

76 — Deux Bouteilles à fleurs et oiseaux, en émaux de couleur.

77 — Deux Vases bleu flambé.

78 — Deux Pots en Satzuma, décorés d'oiseaux dans des cages.

79 — Petite Bouteille en blanc de Chine, décorée d'un dragon en relief.

80 — Une Boîte à thé, Sucrier et Tasses en Satzuma.

81 — Service à thé en porcelaine émaillée; décor à fleurs.

82 — Brûle-Parfums en bronze, sur socle en bois.

83 — Bol en laque de Pékin.

84 — Petit Écran en laque rouge, monté sur bois de fer.

85 — Divinité assise, en bronze.

86 — Deux petits Vases sur trois pieds, décorés de fleurs en relief.

87 — Deux autres Vases avec oiseaux et branchages en relief.

88 — Plusieurs petites Pièces en bronze. Seront vendues sous ce numéro.

89 — Plateau en vieux laque de Pékin, à fleurs ciselées, sur pied en bois.

90 — Lanterne japonaise.

91 — Petit Fusil à pierre, avec monture en bois sculpté, ornée d'incrustations.

92 — Trois Sabres japonais.

93 — Garniture de cinq pièces en porcelaine, genre chinois.

94 — Diverses petites Pièces en porcelaine, Bouteilles, Tasses, sous ce numéro.

—

FAIENCES, PORCELAINES, CURIOSITÉS

95 — Un grand Plat rond en faïence italienne.

96 — Deux Vases à fleurs en porcelaine d'Allemagne.

97 — Une Jardinière carrée en faïence de Marseille.

98 — Une Cafetière en Castelli; décor à paysage.

99 — Une autre Cafetière plus grande, à paysage et armoirie.

100 — Deux petites Caisses à fleurs en ancienne porcelaine de Frankental.

101 — Deux Vases en porcelaine Empire, gros bleu, à rehauts d'or.

102 — Un Vase de style étrusque en faïence anglaise.

103 — Un Pot de pharmacie en faïence d'Urbino.

104 — Un Cornet en vieux Castelli; décor à sujet Lancret.

105 — Une Buire, forme casque, en faïence.

106 — Une Soupière à couvercle et Plateau en faïence de Marseille.

107 — Une Assiette en faïence des Abruzzes; décor genre Bezchem.

108 — Petite Assiette en Castelli.

109 — Deux Compotiers ronds en vieux Chine, à fleurs.

110 — Un Groupe en vieux Chine, émaux vert et jaune.

111 — Deux Figurines en faïence, émail blanc.

112 — Une grande Jardinière à ornements rocaille.

113 — Un Plateau carré en faïence italienne; décor chinois.

114 — Un Vase à sujet (Adam et Ève).

115 — Un Groupe en terre cuite et peinte. (Pêcheurs napolitains).

116 — Un Groupe en biscuit (Nymphes).

117 — Un Poisson dans un plat en faïence italienne.

118 — Un petit Groupe, bois sculpté. **Travail italien.**

119 — Un Lustre en verre de Venise.

120 — Une Croix en bois sculpté. **Travail greco-russe.**

121 — Ours en mosaïque de marbre. **Cadre sculpté.**

122 — Deux Plateaux ovales en faïence; bordure à jour.

123 — Huit Assiettes en Delft.

124 — Un Compotier en Rouen, à pans coupés.

125 — Deux Blasons en bois sculpté.

126 — Deux Assiettes en Moustiers.

127 — Deux Assiettes à reflets, genre Gubbio et une Assiette de style persan.

128 — Un Pot italien; décor bleu.

129 — Un Pot à ouverture trilobée.

130 — Deux Têtes au pastel.

131 — Un grand Plat ovale, imitation de Rouen.

132 — Quatre Assiettes en faïence.

133 — Divinité en pierre sculptée.

134 — Grand Bol en vieux cloisonné du Japon.

135 — Tasse en porcelaine, décorée d'un buste de
saint Joseph.

136 — Cinq Poignards, deux Étriers et deux
Éperons.

137 — Deux Chenets de style Louis XIII en
cuivre.

138 — Deux Porte-Livres en bois de diverses
nuances.

139 — Une Poudrière orientale.

140 — Six Cadres en bois sculpté. Seront vendus
sous ce numéro.

Vᵉˢ RENOU MAULDE et COCK, imprˢ de la Cⁱᵉ des Commissaires-Priseurs,
rue de Rivoli, 144   14570